Titolo

L'allenatrice

Di

Erika Sanders

Serie

Dominazione e Sottomissione
Erotiche

Sinossi

Erika pensa che la sua allenatrice donna
sia molto sexy. Farà qualcosa quando
sarà sola con lei?...

L'allenatrice è un romanzo dal forte contenuto erotico BDSM e, a sua volta, un nuovo romanzo appartenente alla collana **Dominazione e Sottomissione Erotiche**, una serie di romanzi ad alto contenuto romantico ed erotico BDSM.

(Tutti i personaggi hanno almeno 18 anni)

Nota sull'autrice

Erika Sanders è una scrittrice di fama internazionale, tradotta in più di venti lingue, che firma i suoi scritti più erotici, lontani dalla sua prosa abituale, con il suo cognome da nubile.

Indice

L'ALLENATRICE
DI
ERIKA SANDERS

Nonostante fosse abbastanza esausta per i corsi universitari della giornata, Erika ha comunque fatto uno sforzo per allenarsi nella palestra dell'università. Ne aveva bisogno. Francamente, era la peggior giocatrice della squadra di softball.

Certo, era già in buona forma, ma rispetto alle altre ragazze della squadra, semplicemente non era abbastanza brava ed è stato un miracolo che abbia persino fatto parte della squadra. La squadra richiedeva un numero minimo di giocatori ed Erika era quel minimo.

Dopo aver eseguito una routine push/pull con varie macchine, ha preso una pausa prima di colpire gli addominali. Ha fatto trenta ripetizioni in rapida successione su una panca, si è riposata per un minuto e poi ha ripetuto la serie altre due volte.

Quando ha lottato sull'ultimo set, ha alzato lo sguardo per vedere una faccia che bloccava la luce. Una donna si trovava casualmente sopra di lei con una faccia sudata, una coda di cavallo disordinata e un asciugamano avvolto intorno al collo.

"Dai, ripetizioni, ripetizioni, ripetizioni!" la donna incoraggiò scherzosamente.

Erika riconobbe immediatamente che era L'allenatrice Bethy. Fece alcune ripetizioni extra sui suoi addominali come per dimostrare la sua forza, poi si alzò per salutare L'allenatrice Bethy.

"Ciao," sorrise, prendendo respiri profondi dall'allenamento.

L'allenatrice Bethy ricambiò il sorriso. "Scusa se ho disturbato il tuo allenamento. Avevi bisogno di una spinta."

"Sì, sto cercando di mettermi in forma migliore."

"Sono contento di vedere che stai lavorando sodo", ha risposto L'allenatrice Bethy.

"A proposito, sei stato qui tutto il tempo? Non ti avevo visto."

L'allenatrice Bethy si asciugò il viso con un asciugamano. "Sono stato in sauna nell'ultima mezz'ora. Prima ho fatto un'ora di cardio sul tapis roulant."

"Carino."

"Sei una runner, Erika?" lei chiese. "Quanto spesso corri?"

"Non tanto quanto vorrei. Corro più spesso quando non c'è scuola. Forse 3-5 miglia."

"Meraviglioso."

"Ovviamente non ho risultati come te", ha risposto Erika, notando i muscoli delL'allenatrice che si increspano quando respira. "Voglio dire, mio dio, il tuo fisico è fantastico."

L'allenatrice Bethy ha flesso un bicipite. "Grazie. Un sacco di duro lavoro."

"Voglio dire, sul serio. Hai un'ottima genetica."

"In un certo senso, ma in tutta onestà, sono intelligente con la mia routine."

"Qualche segreto?" chiese Erika. "Ucciderei per avere un corpo come il tuo."

"Prima di tutto, grazie, è dolce. In secondo luogo, sii orgoglioso del corpo che hai. Le donne sono troppo dure con se stesse. Penso che ogni donna sia meravigliosa a modo suo. Sii te stessa e scuoti ciò che hai."

Erika annuì. "Oh, sono assolutamente d'accordo con questo sentimento. Ma non tutte le ragazze fanno parte di una squadra sportiva. In effetti, sono nella TUA squadra e le nostre probabilità di vincere le partite aumenterebbero in modo esponenziale se fossi in una forma migliore."

Per effetto aggiunto, Erika sbatté le ciglia e L'allenatrice Bethy rise.

"Dimmi la tua tipica routine di allenamento e dieta. Poi ti darò alcuni pensieri se posso."

Erika ha fatto una rapida carrellata del suo solito regime di fitness e piano nutrizionale; tutto da come le piaceva correre e quali esercizi faceva.

"Penso di aver trovato il tuo problema", disse L'allenatrice Bethy in tono conclusivo.

"Che cos'è?"

"Probabilmente hai raggiunto un plateau. Questo è quando il tuo corpo è così abituato alla stessa routine che smette di adattarsi, quindi non stai più guadagnando".

Erika arricciò le labbra. "Hmmm... Interessante. Ho usato la stessa routine per anni, quindi potresti avere ragione."

"Magari solleva pesi più pesanti o prova esercizi più esplosivi. Cambia le cose, trova qualcosa di divertente."

"Qualche consiglio?"

"Personalmente, mi piace nuotare", ha risposto L'allenatrice Bethy. "È a basso impatto sulle mie articolazioni, ad alta intensità e mi dà una sensazione di libertà quando sono in acqua."

"Dio, da bambino amavo nuotare. Meno quando la nostra famiglia si è trasferita in un posto diverso. Non ho più nuotato da quando mi sono trasferito per il college."

"Ecco fatto. Problema risolto. Prova a nuotare. Nuota forte, nuota veloce, ma non farti troppo male, altrimenti non sarai in grado di praticare correttamente il softball. Se lo abbini a una buona dieta , noterai grandi cambiamenti nel tuo corpo."

"Il problema è che tutte le piscine vicine sono sempre occupate," gemette Erika. "Soprattutto la piscina universitaria."

"Vero, motivo per cui arrivo sempre al campus presto e nuoto da solo. Il programma funziona perfettamente per me."

"Nuotare da solo? Dev'essere carino. Posso solo sognare."

"Sento gelosia?" la prese in giro L'allenatrice Bethy. "Sì, ho la piscina tutta per me. È terapeutico per me, sia fisicamente che mentalmente. È un ottimo modo per iniziare una giornata impegnativa."

"Sono totalmente geloso."

"Puoi unirti a me, purché tu mantenga il segreto."

"Sei sicuro?" chiese Erika, presa alla sprovvista dall'offerta.

"Perché no? Ti sentirai a disagio?"

"Dipende. Sei un serial killer?"

L'allenatrice Bethy scosse la testa. "No, ma potrei essere un serial killer che uccide altri serial killer, come Dexter."

"Per me funziona," rispose Erika, prima di fermarsi a pensare. "Non ti sto disturbando, vero? Voglio dire, non voglio disturbare il tuo tempo privato."

"Sciocchezze. Sarò in piscina alle 6:45 lunedì mattina. Se ti interessa, sii puntuale e porta un asciugamano e un costume da bagno. Staremo un'ora da soli."

"È un appuntamento," sorrise Erika.

L'allenatrice Bethy ha dato uno sguardo interrogativo. "Interessante scelta di parole. Comunque, devo andare e ho bisogno di una doccia. Scusa se interrompo il tuo allenamento per gli addominali."

"Non preoccuparti. I miei addominali fanno schifo comunque."

L'allenatrice Bethy ha toccato la pancia di Erika. "Lunedì mattina. Ti mostrerò alcuni buoni addominali in piscina."

"Pensi che funzionerà per me?"

"Ha funzionato per me", ha risposto L'allenatrice, massaggiandosi la pancia piatta, sentendo i muscoli tesi.

CAPITOLO 2

In tutta serietà, Erika è rimasta sbalordita dalla possibilità di allenarsi privatamente con L'allenatrice Bethy. Dopotutto, questa L'allenatrice donna era una persona fantastica e in una forma fantastica.

In fondo, Erika ha sempre sognato di essere quella ragazza. La ragazza che aveva colpito il tiro vincente, poi l'intera squadra l'avrebbe issata sulle spalle, in modo che potesse essere sfilata per il campo come un eroe. Era improbabile, ma comunque una fantasia.

Lunedì è arrivata puntuale e ha salutato L'allenatrice Bethy. Dopo aver aperto la piscina, acceso le luci e acceso il riscaldamento, sono andati negli spogliatoi a cambiarsi. Indossano i costumi da bagno in diverse aree degli armadietti in modo da non vedersi nudi.

Si sono incontrati nell'area della piscina dove si sono presi un momento per ammirare i costumi da bagno l'uno dell'altro.

"È nuovo?" chiese L'allenatrice Bethy.

"Sì. L'ho comprato durante il fine settimana."

"Bello. Sembra che tu sia pronto per partire."

Hanno fatto il riscaldamento e hanno allentato gli arti per diversi minuti. Quando i loro corpi erano caldi, si tuffavano in piscina e nuotavano. Ritmo normale all'inizio. Poi hanno nuotato rapidamente avanti e indietro tra le due estremità della piscina, lavorando sulla forza e sulla resistenza cardio.

Dopo dieci giri con pochissimo riposo in mezzo, si sono appoggiati al bordo della piscina con le braccia sul cemento.

"È stato intenso," sbuffò Erika con un respiro pesante.

"Lo era. E lo adoro."

La frequenza cardiaca di Erika si è spostata verso la normalità. "Sarò sicuramente dolorante domani."

L'allenatrice Bethy inarcò un sopracciglio. "Quindi pensi che abbiamo già finito?"

"Noi no?" Erika ha risposto.

"I tuoi addominali, ricordi? Non volevi lavorarci su?"

"Penso di aver ottenuto abbastanza di un allenamento di base nuotando in quei giri."

Un sorriso sadico comparve sulle labbra dell'allenatrice. "Sciocchezze. Siamo già in piscina, quindi potremmo anche fare quello per cui siamo venuti qui. Segui il mio esempio. Metti la schiena contro il muro, tieniti al cemento con le braccia e fai sollevamenti con le gambe. Così ."

L'allenatrice Bethy ha dato l'esempio, mettendola con la schiena contro il muro, appoggiando le braccia sul cemento, quindi sollevando le gambe in modo che i suoi piedi cadessero fuori dall'acqua. Ha fatto diverse ripetizioni.

Erika ha fatto lo stesso ma ha faticato dopo la terza ripetizione.

"Questo è difficile," sospirò Erika, rimettendo i piedi a terra. "È molto più difficile con l'acqua che aggiunge resistenza."

"Questo è il punto."

"Non posso andare avanti."

"Certo che puoi, solo qualche altra ripetizione."

Erika ha tirato fuori la lingua. "Ughhh....puoi aiutarmi almeno?"

"Sicuro."

Fu allora che L'allenatrice mise le mani nell'acqua per aiutare Erika premendo sotto la parte inferiore delle cosce, permettendo di fare più ripetizioni.

"Ora, questo è ciò che chiamo allenamento", sorrise Erika mentre L'allenatrice la aiutava a sollevare le gambe per qualche altra ripetizione.

"Sono sorpreso di non averti ancora spaventato, a dire il vero."

"Dall'allenamento? Non sono il miglior atleta naturale, ma non sono nemmeno uno che si arrende. Anche se ho provato a smettere un momento fa. Sono persistente quando devo esserlo."

Erika ha continuato a sollevare le gambe in acqua mentre L'allenatrice la assisteva nei movimenti.

"Intendo l'altra cosa", disse L'allenatrice Bethy. "Non sembri il tipo. Ecco perché sono sorpreso."

"Ora sono totalmente confuso."

"Non importa."

Erika abbassò le gambe e si guardarono. "La scorsa settimana hai accennato a qualcosa sul non voler allenarti con me. Ora stai insinuando di nuovo qualcosa. C'è qualcosa che mi sfugge? Voglio dire, sei un serial killer o cosa? Prometto che non lo dirò. "

"Non lo sai?" chiese L'allenatrice Bethy. "Sono lesbica. Immagino che tu sia l'unica ragazza della squadra che non ha ancora sentito."

"OH..."

"Non hai ricevuto il promemoria?"

"Non sapevo che ce ne fosse uno," Erika
scrollò le spalle.

"Capisco che è il 2023 e non sto
suggerendo che tu sia omofobo o altro.
Ma alcune delle ragazze del team
provengono da contesti religiosi, i cui
genitori contribuiscono con molti soldi a
questa istituzione accademica. È una
cosa complicata. "

"Ti stanno ricattando?"

L'allenatrice Bethy scosse la testa. "No,
niente del genere. È una storia lunga. Ma
fondamentalmente alcune delle ragazze
della squadra mi hanno visto baciare
una professoressa negli spogliatoi".

"Una professoressa?" chiese Erika, nascondendo la sua sorpresa.

"Sì, una professoressa. È stata una cosa di breve durata. L'insegnante non ha potuto aspettare ed è entrata e ci siamo baciati. Pensavo che avessimo abbastanza privacy, quindi l'ho permesso. Comunque, l'hanno visto e sono rimasti scioccati quanto sei. Abbiamo parlato e hanno deciso di tenerlo segreto per me. Tuttavia, le ragazze saranno ragazze, e so che diffondono informazioni su di me. Ho notato che alcune delle giocatrici della squadra ridacchiano quando mi vedono. Ehi, questa è la vita, giusto?"

"Che schifo."

"Cosa posso fare? Non sono in una posizione di vantaggio qui."

"È il 2023, puoi essere gay quanto vuoi",
ha dichiarato Erika.

"Lo so. Ma lo stigma ci sarà, e non voglio
rendere le cose strane perché sono
spesso circondato da membri di spicco
di questa istituzione. Membri che,
diciamo, sono molto più tradizionali di
noi. Non che è una brutta cosa. È proprio
così.

"Per la cronaca, non ho alcun problema
con il tuo stile di vita. Penso che tu sia
stupendo e fantastico. E lo dico davvero
dal profondo del mio cuore."

"Questo significa molto," sorrise
L'allenatrice Bethy. "Comunque, non ero
sicuro di quali fossero le tue opinioni.
Ecco perché ero titubante sul fatto che ci
allenassimo in privato."

"Come fai a sapere da che parte mi muovo?"

"I tuoi occhi tendono a fissare i miei muscoli. Non i miei seni, le mie gambe o le mie labbra."

Erika sorrise. "Immagino che sia un buon indicatore."

"Bene, è meglio che usciamo dalla piscina prima di trasformarci in prugne secche per essere stati in acqua così a lungo."

"Non ho finito con i sollevamenti delle gambe."

"Non è vero?" chiese L'allenatrice Bethy, sapendo dove stava andando a finire.

"Sono sicuro di poter fare qualche ripetizione. Dio sa che il mio core ha bisogno di tutto l'aiuto che può ottenere."

"Presumo che tu abbia bisogno di assistenza."

Erika premette la schiena contro il muro e si aggrappò al cemento. "Non posso fare questi sollevamenti delle gambe in piscina senza il tuo aiuto. Chiaramente non sono forte come te."

"Penso che impegnarsi per la tua forma fisica sia molto forte."

L'allenatrice Bethy raggiunse l'acqua e mise di nuovo le mani sotto le cosce di Erika, aiutandola a sollevare le gambe nell'acqua. L'umore tra loro era cambiato. Era come se si fossero avvicinati grazie alle informazioni che condividevano. Il legame tende ad avvenire in questo modo.

"Come ti fa sentire?" chiese L'allenatrice Bethy. "Brucia ancora?"

"Stai parlando del mio core o delle tue mani vicino al mio culo?"

L'allenatrice Bethy fece un finto sospiro. "Rispondi come vuoi."

"Bruciano entrambi. In senso buono."

Le donne si sorrisero a vicenda e, dopo qualche altra ripetizione assistita, Erika implorò di fermarsi perché i muscoli dello stomaco le dolevano. L' allenatore Bethy lasciò andare ed Erika appoggiò le gambe sul pavimento della piscina.

"Sei un buon sport", disse con gioia L'allenatrice Bethy. "Mi piace la tua etica del lavoro."

Erika si irrigidì all'improvviso. "Posso chiederti una cosa? È un po' imbarazzante, ma voglio chiedertelo lo stesso."

"Certo, qualsiasi cosa."

"Quando l'hai saputo? Voglio dire, sai cosa intendo. Ma quando l'hai saputo?"

Ovviamente L'allenatrice Bethy ha capito la domanda. "L'ho sempre saputo. Perché? Il mio istinto si sbaglia su di te?"

Erika scosse la testa. "No, beh, non lo so. È complicato."

"Hmmm..." mormorò sottovoce la
L'allenatrice Bethy. "Sei interessante."

"Perché? Perché sono una donna strana
e non cado nelle scatole stereotipate?"

"Forse."

"Beh, questo è rassicurante", ha risposto
Erika..

"Va bene essere curiosi. È perfettamente
naturale. Ma non sono sicuro di essere la
persona giusta con cui dovresti parlare.
Sono una dipendente di questa scuola e
sono vincolata da linee guida etiche."

"Sono un adulto."

L'allenatrice Bethy fece un respiro
profondo. "Se sei curioso di sapere

qualcosa, allora sono qui per te. So che sei in un momento difficile della tua vita, essendo una giovane donna al college."

"Grazie."

"C'era qualcosa di specifico di cui volevi parlare?"

"Come è andata la prima volta?" Erika si costrinse a chiedere. "Voglio dire, hai inseguito l'altra persona? O l'altra persona ha inseguito te?"

"Era reciproco, a dire il vero. La mia prima volta era più o meno alla tua età quando ero al college. Ero compagno di stanza di questa ragazza. Ti risparmierò i dettagli. Ma sapevo cosa ero. Lei era indecisa cose. L'unica cosa che avevamo in comune era che andavamo davvero d'accordo. Avevamo una grande chimica insieme e, sorprendentemente, lei era attratta da me ".

"Non trovo che sia affatto una sorpresa. Sei sexy."

L'allenatrice Bethy sorrise: "Grazie. Ma quella era la mia prima volta. È successo solo una notte mentre studiavamo insieme. Ti risparmio le parti sexy."

"Studiare e poi baciare. Sembra fantastico."

"Non riesco ancora a credere che i miei istinti si sbagliassero su di te."

Erika scrollò le spalle. "Tengo alcune cose su di me strettamente custodite. Sono bravo con i segreti. Non ho mai avuto questa discussione con nessuno prima d'ora."

"Beh, sono lusingata. Ora, perché me lo chiedi? Avevi qualcuno in mente? Qualcuno con cui ti interessa uscire?"

"Accidenti no. Lo ammetto, penso ad alcune delle mie amiche in quel modo, e non mi dispiacerebbe baciarle, ma nessuno si è ancora mosso con me."

L'allenatrice Bethy rise. "È così che vivi la tua vita? Aspettando che siano gli altri a fare la prima mossa?"

Erika annuì.

"Non è una buona strategia di vita", ha risposto L'allenatrice Bethy. "In effetti, è una terribile strategia di vita."

"Qual è l'alternativa? Andare in giro a provarci con le ragazze al bar locale?

Trovare un'app Tinder lesbica sul mio telefono? Non saprei cosa fare."

"Hmm..."

"Che cosa significa?"

L'allenatrice scosse la testa. "Non importa."

"Non dirmi."

"Niente. Stavo solo pensando che dal momento che sai mantenere un segreto, andiamo d'accordo, e tu eri curioso, avrei potuto aiutarti con il tuo piccolo dilemma. Naturalmente, sarebbe una violazione dell'etica."

Gli occhi di Erika si spalancarono e non fece nessuno sforzo per nascondere le sue emozioni. Un'offerta del genere potrebbe davvero essere sul tavolo? Solo a pensarci le sue gambe si incrociavano nella piscina. Non fece alcun tentativo di nascondere neanche quello. In effetti, era certa che L'allenatrice Bethy potesse sentire l'odore della sua eccitazione emanata dalla piscina usando i superpoteri.

"So mantenere un segreto," squittì Erika.

"Le regole sono regole. Non avrei dovuto dirlo."

"Quindi non guidi mai oltre il limite di velocità?"

"Questo è diverso."

"Come?"

L'allenatrice Bethy rifletté per un momento. "Giuri di non dirlo mai a nessuno?"

"Lo giuro. Quando si tratta di segreti, sono affidabile."

"Se infrangi questa promessa, la punizione è la morte."

Erika sbatté le ciglia e annuì. "Triplice giuramento."

"Chiudi gli occhi."

E fu allora che tutto cambiò. Erika tenne gli occhi chiusi, sentì lo scorrere dell'acqua intorno a lei, poi sentì un paio di labbra premere contro le sue. Il bacio è stato piacevole, morbido e appassionato. Era come dovrebbe essere un buon bacio. Era molto più tenero di qualsiasi altro bacio che avesse mai provato. La sensazione delle loro labbra che si toccavano mandò una piacevole sensazione lungo la spina dorsale di Erika.

Quando L'allenatrice Bethy ha infilato la lingua dentro, Erika ha sentito la sua figa stringersi, forte. Le sue gambe si incrociarono più strette e le sue dita dei piedi si arricciarono. Le loro lingue lottarono per alcuni secondi prima che L'allenatrice Bethy si allontanasse.

"Adesso puoi aprire gli occhi", ha detto L'allenatrice.

Erika aprì gli occhi per vedere la bellissima donna sorridente. "Quello era..."

"Ora sai com'è. La curiosità se n'è andata."

"Ti è piaciuto? Voglio dire, farlo a me."

L'allenatrice Bethy annuì. "Onestamente, hai un buon sapore. Delizioso, persino."

"Grazie," Erika arrossì. "Anche tu."

"Dobbiamo andare ora. Ho lezione tra circa mezz'ora. È stato bello. Però non potremo mai più farlo."

"Perché no?"

"Niente rancore, okay? Ci vediamo domani all'allenamento."

Quando L'allenatrice Bethy ha tentato di uscire dalla piscina, gli istinti e gli ormoni di Erika hanno preso il sopravvento, e lei ha afferrato

L'allenatrice donna per la vita e l'ha tirata vicino così si sono baciati di nuovo. Erika si è sorpresa quando l'ha fatto. Era ancora più sorpresa che L'allenatrice Bethy non l'avesse schiaffeggiata in faccia.

Poi il bacio finì e si guardarono.

"Mi dispiace per averti afferrato in quel modo," disse Erika con una punta di rammarico. "Non so cosa mi sia preso."

"Sei giovane e ti piace baciare. Lo capisco. Ma non giocare mai dominante con me. Questa è la mia palestra. Sono la tua allenatrice donna. Sono al comando."

Ora toccava alL'allenatrice esercitare il controllo attirando Erika per un bacio ancora più profondo, mostrando come si faceva. Mostrando un vero senso di controllo sulla situazione, L'allenatrice

donna ha persino fatto scivolare la mano
sotto, ha tirato di lato il fondo del
costume da bagno di Erika e ha immerso
due dita dentro, senza fermarsi finché
Erika non è arrivata.

Ed Erika è arrivata in men che non si
dica.

Era tutto ciò a cui riusciva a pensare, davvero. Dopo un'esperienza del genere, perché pensare ad altro?

Ecco perché è stata una grande sorpresa per Erika che L'allenatrice Bethy apparentemente le abbia dato la spalla fredda all'allenamento il giorno successivo. Ancora una volta, L'allenatrice ha giocato i favoriti e ha trascorso la maggior parte del suo tempo a comunicare con i migliori giocatori e a fornire istruzioni generali. Era comprensibile data la pressione per la vittoria della squadra.

Tuttavia, non baci una ragazza, la fai venire in piscina e fai finta che non sia mai successo. Non è giusto. Per lo meno, Erika si aspettava un sorriso e un saluto, ma non ottenne nemmeno quello.

Peggio ancora, L'allenatrice Bethy le ha persino chiesto di mettere via l'attrezzatura da sola, dato che era il suo "turno di pulire". Si convinse di essere stata punita per il suo comportamento sessuale eccessivamente aggressivo in piscina, e questo era il modo in cui L'allenatrice le faceva sapere chi era il capo.

Quando Erika fu finalmente in grado di fare la doccia, si prese il suo tempo e sfruttò l'occasione per rilassarsi. Le altre ragazze si erano già fatte la doccia, erano uscite dallo spogliatoio e la povera Erika era tutta sola. Si è strofinata e si è lavata i capelli. Tutto quello a cui riusciva a pensare era come aveva avuto questa bellissima esperienza con L'allenatrice Bethy, che in qualche modo era andata a rotoli.

Quando lo shampoo lavò via e si tirò indietro i capelli, vide qualcuno con la coda dell'occhio e si voltò per vedere L'allenatrice Bethy in piedi lì, ancora vestito con una semplice maglietta e pantaloni della tuta, appoggiato al muro che la fissava.

Erika chiuse la doccia e lasciò che l'acqua gocciolasse dal suo corpo. Non ha avuto problemi a stare nuda davanti alla sua allenatrice. Forse era perché era già così esausta; fisicamente dalla pratica ed emotivamente dal suo maltrattamento percepito. O forse perché era eccitante lasciare che la sua allenatrice la vedesse nuda così.

"Sembri carino così," disse L'allenatrice Bethy con occhi ammirati.

"Come in nudo?"

L'allenatrice Bethy sorrise. "Sì, le tue tette sono belle, come le immaginavo. Adoro il modo in cui l'acqua ricopre i tuoi seni vivaci, e quei capezzoli rosa sono da morire."

Le parole rassicuranti fecero sì che Erika tenesse il mento alto e puntasse il petto in avanti.

"Continuare."

L'allenatrice Bethy ha esaminato ulteriormente. "Hai una bella figura. Pelle morbida. Una bella forma. E un bel sedere rotondo in cui vorrei poter seppellire la mia faccia."

Erika strinse le natiche al solo accenno alla sua forma tondeggiante.

"Forse ti lascerei giocare con il mio
sedere se oggi non fossi così sprezzante
nei miei confronti. La nostra cosa in
piscina non significava niente per te?"

"Prima di tutto, sei assolutamente
delizioso", ha affermato L'allenatrice
Bethy. "Secondo, il motivo per cui ti ho
incaricato di pulire è che saremmo stati
soli in questo momento."

La figa di Erika si strinse. "OH."

"Sarò onesto; non riesco a smettere di
pensare a te. Ma allo stesso tempo, non
voglio perdere il lavoro o la reputazione
per questo."

"So mantenere un segreto", disse Erika.

"Imprecare?"

"Lo giuro."

"Bene, perché ho bisogno di una doccia",
ha risposto L'allenatrice Bethy. "Aprirai
l'acqua e mi aiuterai a lavarmi?"

Il cuore di Erika perse un battito. "Certo,
qualsiasi cosa."

Erika fece scorrere di nuovo l'acqua
della doccia mentre guardava
L'allenatrice Bethy togliersi i vestiti in
un modo sempre così disinvolto. Sotto la
maglietta delL'allenatrice c'era un
reggiseno sportivo nero che copriva i
piccoli seni. L'allenatrice si è tolta le
scarpe e le calze, stando a piedi nudi sul
pavimento; poi si tolse i pantaloni,
rivelando le mutandine.

La cosa più assurda è stata che
L'allenatrice Bethy si è spogliata come se
fosse sola. Senza guardare nessuno.

Senza esitazione. Niente di sexy. Quando si è tolta il reggiseno sportivo e le mutandine, ha rivelato il suo corpo nudo con una linea di abbronzatura da bikini attorno al seno e all'inguine. I suoi seni erano piccoli ma i suoi capezzoli marroni erano grandi e già rigidi.

Erika è rimasta congelata quando la sua allenatrice le si è avvicinata e si è messa sott'acqua per sciacquarsi. Poi si fece da parte.

"Shampoo," disse L'allenatrice voltandole le spalle. "Allora usa il tuo scrub su di me."

"Sì, L'allenatrice Bethy."

Con mani impazienti, Erika si mise un'adeguata porzione di shampoo nei palmi delle mani e lo strofinò sui capelli del suo allenatore. Ha accarezzato e massaggiato fino a quando le bolle bianche e schiumose erano ovunque. Era divertente e stranamente erotico lavare i capelli di un'altra donna.

Poi è arrivata la parte divertente. Erika si è lavata le mani nell'acqua della doccia e poi ha messo il gel su uno scrub.

"Ovunque?" chiese Erika.

L'allenatrice Bethy si voltò per affrontare Erika, in modo che fossero faccia a faccia, nudi.

"Ovunque."

Erika fece un respiro profondo e andò a lavorare sul corpo di Bethy. Iniziando prima con gli spazi "sicuri", come le spalle e le braccia, sentendo il tono muscolare magro. Poi si è spostata sui suoi seni. I suoi occhi ammiravano i segni dell'abbronzatura. Erika voleva disperatamente pizzicare quei grossi capezzoli marroni, ma non aveva il permesso, quindi evitò di farlo. Tuttavia, ha usato lo scrub per premere sui capezzoli e sui seni, guardandoli dondolare leggermente. Le gambe sono state fatte per ultime.

"Ora, metti giù lo scrub", disse L'allenatrice Bethy. "Strofina la mia pelle. È così che i corpi vengono puliti, vero?"

"Sì", ha risposto Erika.

È stato un vero piacere quando Erika ha strofinato le mani nude su tutta la pelle insaponata dell'allenatrice, sentendone il tono e la carne. Finalmente riuscì a sentire quei seni, persino a strofinare quei capezzoli (anche se non riusciva ancora a trovare il coraggio di pizzicarli).

Ha persino strofinato le cosce atletiche, i polpacci e il sedere sodo dell'allenatrice.

"Ovunque", disse L'allenatrice Bethy, voltando le spalle a Erika. "Strofina il mio clitoride."

Erika sussultò. "Non hai paura che qualcuno ci becchi?"

"A quest'ora del giorno, nessuno dovrebbe tornare qui. In ogni caso, è meglio sbrigarsi."

"Cosa vuoi che faccia esattamente?"

"Fammi venire."

Erika deglutì. "Giusto. Vuoi che restituisca il favore della piscina."

"Ragazza brillante."

Erika premette la parte anteriore del suo corpo nudo contro il sedere nudo dell'allenatrice. Sembrava elettrico. Poi allungò la mano destra in avanti e toccò l'inguine e le labbra esterne dell'allenatrice. Sembrava un fulmine. Poi ha massaggiato il clitoride dell'allenatrice. Oh Dio...

Era abbastanza semplice. Erika ha implementato la sua normale routine di masturbazione con due dita sulla figa dell'allenatrice e la reazione è stata immediata. L'allenatrice Bethy gemette e appoggiò la testa all'indietro per il piacere.

"Sei così bravo in questo," gemette L'allenatrice Bethy. "Dove sei stato tutta la mia vita?"

Erika continuava a strofinarsi la clitoride. "Ora posso essere la tua assistente allenatrice".

"Esattamente. Ufficiosamente, cioè. Perfetto per alleviare lo stress in qualsiasi circostanza. Non fermarti, sto per venire."

Sentire quelle parole ha solo acceso un fuoco sotto Erika. Teneva stretto il corpo nudo dell'allenatrice e lo strofinava furiosamente.

All'improvviso, il corpo dell'allenatrice si irrigidì e lei inclinò ancora di più la testa all'indietro. Inspirò profondamente e lo trattenne, come se il suo cuore si fosse fermato, poi espirò tutto. Tutti i suoi stress della giornata svanirono in un istante, sostituiti interamente dal piacere.

"È stato un piacere," sussurrò
L'allenatrice Bethy.

"Sai, se le mie mani non fossero coperte
di sapone, mi leccherei le dita in questo
momento."

L'allenatrice Bethy si voltò in modo che
si fronteggiassero. "È quello che fai
normalmente dopo esserti masturbato?"

"Se sono dell'umore giusto."

"Brava ragazza."

Ridacchiarono e si baciarono sulle
labbra. Poi entrarono insieme nell'acqua
della doccia e lasciarono che il sapone
scorresse nello scarico.

Quando hanno chiuso l'acqua, si sono baciati ancora, e poi all'improvviso l'hanno sentito: parlare e ridere. Due o tre ragazze erano appena entrate negli spogliatoi.

"Oh, cazzo," sussurrò Erika senza fiato. "Dobbiamo vestirci."

"Non c'è tempo. Seguimi."

L'allenatrice Bethy ha afferrato Erika per il polso e l'ha tirata fuori dalla doccia mentre le afferrava i vestiti. Andarono in punta di piedi in fondo allo spogliatoio dove L'allenatrice gettò i suoi vestiti su una panchina e si portò un dito alle labbra per dire: "Shhh...."

Rimasero lì in silenzio, nudi, i loro corpi gocciolanti d'acqua mentre ascoltavano le ragazze parlare. Erano tre giocatrici della squadra di softball. Abbastanza ironicamente, era lo stesso gruppo di ragazze religiose che aveva scoperto il segreto lesbico dell'allenatrice tempo fa.

Quel contorto senso dell'ironia fece solo sorridere L'allenatrice Bethy e ammirare la bellezza di Erika da vicino, mentre la schiena di Erika era premuta contro l'armadietto.

"Non fare rumore," sussurrò L'allenatrice Bethy.

Mentre le ragazze parlavano ad alta voce tra di loro, la lingua dell'allenatrice baciava Erika, ed Erika ricambiava il bacio il più silenziosamente possibile.

Ma non erano solo i baci quello che L'allenatrice Bethy cercava. Non c'è modo. La carrozza si inginocchiò e alzò lo sguardo con uno sguardo diabolico negli occhi. Immediatamente, questo fece innervosire Erika. Sapeva che se fosse stata mangiata dalla sua allenatrice esperta, non avrebbe potuto contenersi. Non c'era scelta.

L'allenatrice Bethy sollevò una delle gambe di Erika e mise il suo piede sulla panca, lasciandola con una figa aperta e bagnata. L'allenatrice fece di nuovo il gesto dello 'Shhh....' e cominciò a mangiare, premendo le labbra della sua bocca contro le labbra della fica di Erika.

Da parte sua, Erika serrò la mascella. Per buona misura, Erika si premette entrambi i palmi sulla bocca per sopprimere qualsiasi rumore che potesse fuoriuscire. Si costrinse a tacere mentre L'allenatrice donna eseguiva un'esperta performance orale; sentire la lingua immergersi dentro e fuori, sentire le sue labbra che vengono risucchiate e, occasionalmente, sentire la lingua calda tremolare sul suo clitoride.

La faceva impazzire, soprattutto ascoltando le giocatrici della squadra fare battute volgari sulla loro vita sessuale. È stato anche eccitante origliare quei giocatori durante un incontro lesbico segreto con L'allenatrice Bethy.

I sentimenti crescevano dentro Erika e sapeva che stava per scoppiare. Aveva il terrore di urlare perché sarebbero stati catturati.

Ha dato un colpetto sulla testa alL'allenatrice Bethy e ha pronunciato con la bocca le parole: "Sto per venire così fottutamente forte".

Invece di fermarsi, L'allenatrice Bethy sembrò solo più eccitato, e fece di nuovo il gesto 'Shhh...'.

L'allenatrice Bethy tornò a leccare la fica di Erika, questa volta con più vigore, e infilò due dita dentro il buco eccitato. Era abbastanza per far impazzire Erika. E l'ha fatta venire.

Erika si coprì la bocca con due mani, facendo tutto il possibile per evitare di urlare. Sentì un afflusso di fluidi entrare nella bocca dell'allenatrice e per un istante si chiese se l'allenatrice Bethy si sarebbe alzata e l'avrebbe schiaffeggiata. Invece, l'allenatrice ha continuato a succhiare. Chiaramente L'allenatrice Bethy si è divertito a berlo.

Quando ebbe finito, L'allenatrice Bethy si alzò e abbracciò la sua nuova giocatrice preferita della squadra, i loro corpi nudi ei capezzoli duri che si toccavano. Rimasero lì, guardandosi negli occhi, mentre ascoltavano le altre ragazze che ancora parlavano. C'erano fluidi su tutta la bocca dell'allenatrice.

Alla fine, le altre giocatrici se ne andarono ed erano di nuovo sole.

"Posso raccontarti un segreto?" chiese L'allenatrice Bethy.

"Nulla."

"Questo è in realtà un mio enorme feticcio. Fare cose da ragazza / ragazza negli spogliatoi in questo modo. È un'enorme scarica di adrenalina per me. Non c'è niente di simile. Sono contento di averlo sperimentato con te."

Erika sospirò: "Cazzo, era così dannatamente eccitante. Penso di aver trovato il mio nuovo hobby preferito."

"Benvenuta nel mio mondo. Sei la prima giocatrice donna della mia squadra con cui abbia mai scherzato, e non so cosa fare. Lo scopriremo man mano che andiamo avanti, supponendo che tu voglia continua. Nel frattempo si sta facendo tardi, è meglio che ci vestiamo."

Si baciarono di nuovo sulla bocca, ma questa volta Erika assaggiò il proprio schizzo sulla bocca dell'allenatrice. Quando l'allenatrice finì il bacio, afferrò i suoi vestiti e se ne andò.

"Aspetta," disse Erika prima che L'allenatrice Bethy potesse andare. "Scusa se ti ho schizzato in bocca in quel modo. Non volevo."

L'allenatrice Bethy sorrise: "Come ho detto, sei delizioso."

La sessione era finita e L'allenatrice se ne andò, vestiti in mano, con il suo

sedere nudo che ondeggiava ad ogni
passo affinché Erika lo ammirasse.

FINE